KB070975

슬픔의 불을 꺼야 하네

최명진

시인의 말

엮고 보니 엄마의
예쁜 모습이 한 줄도 없다

다정한 아내를 많이 담지 못해
미안할 따름이다

좁은 생각들 전부 보듬어
책을 허락한 두 분께 감사하다

또한 내겐 누이 같은 장모와 처남
새아버지와 이복동생들

친구 같은 막냇삼촌 그리고
이모가 셋이나 있다

살뜰한 분들이지만
담긴 글이 없어 여기 밝혀 둔다

2023년 1월
최명진

슬픔의 불을 꺼야 하네

차례

2부 각자의 바닥에 누워

3부 저는 벌레가 됐습니다

4부 쓰다 만 노트

해설

1부
거짓말이 늘지 않았다면

첫눈

아내 몰래 오십만 원 드렸다 부러 몰래는 아니었는데
드리다 보니 처가엔 서운할 일 같아 주저리 단속하고 밖
을 나왔다 마침 첫눈이 내리고 있었고 아내가 점찍어
둔 신상 겨울 점퍼가 생각났다

아내 몰래 낮술 홀짝이며 싱숭생숭 앉아 있자니 눈
발이 점점 성해지고 있었다 자기도 첫눈 보고 있다고 전
화해 온 아내다 첫 생각에 지금 당장 만날까 말꼬릴 올
리는데, 아내여 미안하다

괜히 나온 산책

힘들면 내 무릎에 좀 누워
배기고 불편해

임신한 아내가
마땅히 쉴 곳이 없다

아내는 서운한 것이다
산책 문제는 아니다

아무것도 아니라니깐,
아무것도 아닌 것이다

벤치에 앉아
아무것도 아닌

아무것도 아닌 것에
대해 생각했다

내가 아무 생각 안 하는 것 같지만
정말 골똘히 생각하고 있는 것이다

그건 꽤 중요하다

삼겹살

오돌뼈가 있어야 진짜 삼겹살이다
정육 코너에서 내 뱃살을
번갈아 보는 아내

나를 연상하는 것들은 두툼하다
딸아이 장난감이 내 배 두드리는 날들
누군 몸나니까 보기 좋다 하고

누군 나보고 돼지 됐다 하지만
돼지는 돼지의 날들이 있을 것이다
아이는 키드득 웃는다
또 해 봐, 또 해 봐 하는

역할이라는 게 낯설 때가 있다
방금 뒤집은 고기
또 뒤집지 말라는 아내

돼지는 돼지의 생각이 있을 것이다

제 그릇에 머릴 박고 꿀꿀한
일에 골몰하고 있을 돼지들

떼어낸 비계는 내 접시에 올려진다
살코기만 오물오물 받아먹는 작은 입
이런 내가 듬직해 보일까

오돌뼈 식감이 아이 손가락 같아
발라내니 아니 이걸 왜,
버릴 게 없는 돼지들

나는 크게 한 쌈 욱여넣는다
아내는 그런 내 앞으로 자꾸 밀며
어서 먹어, 먹어 하는

목젖까지 꽉 찬 한입
눈물이 핑 도는 저녁 한 상

비닐봉지

발에 붙은 비닐봉지가 떨어지지 않는다 왼발로 누르면 왼발에 붙어 떨어지지 않는다 체념한 채 걷다 보니바스락바스락 아내와 걷는 중에도 비닐 소리를 낸다

화를 참는 건 아내가 할 일 내가 측은해 보이는 것도아내가 할 일 재래시장 돌고 나와 신호등 건너 오르막오를 때 비닐봉지 훅 털어 버리려고 발 휘두르지만

손은 뒀다 뭐에 쓸까 신발 찍찍 끌면 조심성이 없지빨래를 널고 개는 건 아내가 할 일 아이를 재우는 건 아내가 할 일

아내가 멈춰 돌아서 나를 본다 나도 멈춰 돌아서 뒤를 본다 뒤에 누가 있나 하는 건 내가 할 일 팔짱을 빼는건 아내가 할 일인데

바스락 비닐 소리가 울상이라면 채소 가게 할아버진전대 풀고 통곡할 하루, 말 안 하는 아내와 말 없어진 내

가 걷는다

우리 사이에 비닐 소리가 끼어 있다

뒤끝

숙소를 막 정리하고 나온 터라 짐들이 많다
옆 테이블에 쌓인 우리의 짐들

우리가 되니 저 짐들은 산더미 같고
남남이 되면 어떻게 감당할지

짬 내서 온 여행인데 늦은 아침 우리는
둘이 되고 둘은 각자가 됐다

식당 아주머닌 알다가도 모를 것이다
어제는 우리가 얼마나 신났던지

다 내 잘못이라고 일어나선
뒤도 안 보고 나와 버렸다

망연자실 내 뒤만 바라볼 아내는
우리의 끝을 얼마나 곱씹고 있을지

쌓인 짐들은 무슨 수로 꾸려 갈지

현명하신 아내는

외식

행복이 별건가 뭐
호텔 뷔페에서 아내는 말한다

바짝 아끼면 되지 뭐
야경 지그시 보며 아내는 말한다

오빠는 술 좀 적당히 하고
나는 아무 얘기도 안 했는데

아니다, 이럴 때도 있어야지
마침표를 찍듯 아내는 말한다

모처럼 경복궁 나들이 뒤에
뜻하지 않은 접시를 들고 의문한다

냉장고에 처리할 음식도 많은데
아님 무슨 특별한 날인가

손은 알아서 비싼 것만 담는다
일단 본전은 뽑아야 하기에

통장

2년 키워 온 적금 통장을 깼다
큰 눈망울 해머로 내리쳤다
발버둥 치는 뒷다리 꽁꽁 묶어

헤쳐 내가 먼저 내장을 맛보았다
퍽퍽한 살코기는 뒤로 미뤘다
아내와 엄마가 달려들어 나머질
물고 뜯었다

반지레한 남은 뼈다귀만 핥고 있다
이제 물 건너간 가축은 놓아줍시다
여보, 목은 붙들지 맙시다

아내가 내 목덜미 물고 있다
올라가 집세 주고 온 김에
화분에 물도 주고 해야 하는데

엄마가 내 옆구릴 후비고 있다

저녁에 축의금 전하고 본 김에
술도 한잔해야 하는데

두둑한 배부름에 졸음이 몰려왔다
매에에 소리에 눈 감으니
저 갑니다,

황천 너머에서 녀석
내게 마지막 인사를 전했다

명분

밤잠 없는 아이에게 앞집에 사는 망태할아버지 오신
다 겁을 주니 아빤 엉터리라고 망태할아버진 깊은 산속
에 살고 어마어마한 대저택을 소유한 분으로

막대사탕 하나에도 조건이 붙고 떼를 쓰는 데도 나
름 명분이 있어 아는 누굴 불가피하게 만나야 하는 늦
은 술자리처럼

허락받은 마음은 히프춤을 절로 흔들게 하지만 때론
명분 없이 눈뜬 머쓱한 아침이면 사탕보다 더한 마음도
아내는 그만 씁쓸해지는 것이다

처가에 잘해야 한다 늘 한소리 하는 엄마는 정작 외
할머니 뵙자면 용돈 드려야지 여벌 해 줘야지 차일피일
미루다 얼굴 한번 못 보는 것이다

내 자취는

아침을 이불 삼아 늦은 잠 든다면 책상 아래 빈 병들
이 널브러져 있다면 나는 빗자루 같은 수염이 웃자라 있
을 텐데 어제 둔 지갑을 찾기 위해 그제 벗어 둔 옷을 뒤
지고 있다면 싱크대 마른 설거지가 쌓여 간다면 나는
컵라면이나 싸 들고 밤길 걸어 들어올 텐데 내 자취는
바닥없이 책들만 쌓여 흩어져 들춰 본 적 없는 시집이
발등에 차인다면 괜찮은 습작이라도 몇 편 건졌을까 내
자취는 포근한 이불 냄새에 묻히고 딸아이 손에 끌려
파란 잠옷으로 앉아 저녁을 먹는다 아빠는 왜 수염이
까끌까끌 달려 있어 하면 어릴 때 세수를 안 해서 그렇
지 거짓말이 늘지 않았다면 그날 아내를 만나지 않았다
면 삼십 대 매번 풀이 죽지 않았다면 아빠는 엄마한테
사랑해 당신 이렇게 말해 봐 그런 말주변이나 있었다면
내 자취는 오백에 삼십을 왔다 갔다 했을 텐데

아내와 선인장

나는 어제 사장과 싸웠다
나는 오늘 아내와 화해했다

슬슬 걸었고 콧노래를 흘렸고
옷에 묻은 낙엽 부스러길 털어냈다

나는 싸움에서 번번이 이긴다
아내는 울었고 사장은 웃었다

눈을 감는 버릇이 생긴 건
무심코 올려보는 건

오래가진 않았다
오래갈 것이다

싸움 없는 날은 이야기한다
이내와 마주 앉아 우리가

지하에서 살게 될 이야기
창틀 위에 아내는 작은

선인장을 올려 둘 것이다
결코 시들지 않는 것들을 본다

햇살이 내린 선인장이
눈에 선하다

엄마손 제과

우리 동네엔 엄마손 제과가 있다
엄마손 제과는 아빠가 빵 만든다

우리 동네엔 털보아저씨 만두가 있다
신씨네 설렁탕은 김씨네가 운영하고

우리 동네엔 드라큘라 치과가 있다
지하 1층은 하늘 다방이 자리하고 있다

24시 김밥은 11시에 문 닫고
마을버스는 정류장을 비껴 자동문을 연다

우르르 몰려가는 사람들
우리 동네엔 신발 가게가 한 개도 없다

신발세탁소는 많다 깨끗한 신발들
우르르 마을버스에서 사람들이 내린다

우리 동네엔 노상이 많고 바구니도 많고 거기
지나칠 때 붕어빵과 나물 내음이 반반씩 섞인다

자매 식당은 늙은 언니 혼자 꾸벅 졸고
우리 동네엔 오십 년 된 애기보살집이 그 옆에 있다

털보아저씨 만두는 털보아저씨가 주인이다

꽝

선배라고 불렀다가
형이라고도 했다가

그 형이 치킨에 술 사 줬다

종로에서 우연히 마주쳤는데
어찌나 반가워하던지

자꾸 더 시키라고
자꾸 됐다고 하니

애 맛있는 거나 사 주라고
지갑 전부 털어 내게 줬다

실랑이 끝에 구겨진 지폐들
집에 와 정리하는데

웬 복권 두 장도 사이에 같이

딸려 온 걸 알았다

마흔 살

학창 시절
공부 안 했다

막살진 않았지만
말술을 비워 보니 술꾼이 되고

실연을 견뎌 보니 음탕한 마음뿐
너무 힘주어 살았다

돌아보네
숭숭한 내 구멍
쥐구멍 같은

찍소리 많던 나날들
비누 같은 세월만 갉고 다녔네

하여 눈발은 날리고
하늘만 바라보고

지지리
말 안 듣더니

올해부턴 진짜 말 잘 들어야지

마스크팩의 여유

아내와 싸웠다 아내는 지쳤다 예민하다는 말에 예민
해 주고받다 보면 왠지 내가 궁지에 몰리는 느낌이지만
잘못이 늘 그 잘못이지만

무더운 여름날들 찜찜한 몸으로 텁텁한 입으로 동화
책 몇 권 읽어 주고 슬그머니 자릴 뜨려고 하면 목덜미
잡고 매달리는 아이

나도 종일 일하고 온 사람인데 어제는 쉬는 날이라 냉
장고 청소도 하지 않았나 씩씩거리며 안방으로 갔다

침대 위 웃음기 하나 없는 얼굴의 아내가 뻣뻣하게 목
을 굳힌 채 일자 모양 자세로 누워 있었다

2부
각자의 바닥에 누워

파출이모

우리는 그녀들을 파출이모
파출이모 하고 부른다
바쁜 연휴 주방에 한번씩 모시면
최대한 뽑아먹어야 한다고 힘껏
저어 주세요 담아 주세요 묶어 주세요
파출이모 하고 부른다
우리가 말이라도 걸면 타 준
커피만 홀짝 마시는 어차피
한 번 볼 사람이라고 파출이모 전부
날라 주세요 이렇게 하시면 안 돼요
허리 한번 펴기 힘든 파출이모
개고생하신다고 누가 거들기 하니
지난번 철판 집에선 욕하고 나왔다고
그릇들 닦고 쟁이는 파출이모
그냥 한번씩 버는 재미죠
슬슬 풀린 마음에 머리카락 쓸려
내려간 줄 모르고 그릇들
닦고 쟁이고 닦고 쟁이고

닥터 스트레인지

닥터 스트레인지가 우리 동네 감자탕집에 왔다 24시간이라 쓰인 미닫이문이 열리고 새벽 1시였다 땀에 젖은 망토가 버거운지 에어컨 가까운 자리에서 특으로 한 뚝배기 들이켜고 있다 이모 여기 소주 한 병이요는 능숙한 한국말이었다

닥터 스트레인지 이후 악은 씨가 마르게 됐다 까마득한 지구로 몰려와 선악을 물고 뜯는 일은 먹고사는 일만큼 어려운 것이었다 무너진 악에게 체불 임금이 있었고 아이들마저 생업으로 칼을 갈았다 열정페이로 끌려온 악들도 열정적이지 않을 수 없었다는 너 죽고 나 사는 일

간혹 사소한 다툼이 있었지만 악감정은 아닌 것이었다 옆 테이블 젊은 남녀가 서로 다신 볼 일이 없게 됐고 쌓아 둔 스뎅 컵들이 와르르 무너지긴 했다 단골 둘쯤 잃었다고 감자탕집이 곧 망하진 않을 것이었다 쌈장 맛있어요 고추 더 주세요 닥터 스트레인지는 분주해진 이

모에게 엄지척 세우고 있었다

　미세먼지가 심한 하루다 닥터 스트레인지는 주섬주
섬 마스크를 꺼내 들었다 소주가 두 병쯤 비워졌을 땐
느슨하게 눈을 풀어 주위를 둘러볼 수 있었다 분장이
뜬 얼굴은 땀자국이 또렷했고 때에 전 옷이 사투의 흔
적은 아닌 듯했다

　닥터 스트레인지 이후 마법 같은 기적이 우리 동네까
지 일지는 않았지만 수없이 무너진 하늘은 여전하고 낮
게 이어지는 지붕들을 고양이는 타고 넘고 시간을 거꾸
로 돌려놓은들 앉은 자리에서 뼈다귈 뜯고 있을 내가

　악쓸 일 없는 하루다 닥터 스트레인지 이후 세상 조
용해졌고 다만 유리문을 때리는 바람 소리 들리는 밤
닥터 스트레인지가 망토를 들고 일어서자 이모도 행주
를 들고 일어섰다 새벽 2시였다

대상포진이 지나간 자리

아랫배 오른편에 띠 형태의 발진이 오르더니 딱지가 앉았다 검게 탄 활주로 같기도 하고 붉은 은하수 같기도 한 자국은 간지럽기도 아프기도 한 것이었다

어느 날 수두균은 과음과 수면 부족으로 약해진 내 면역 체계를 기습했다 감각신경에 침투하여 전면전을 펼쳤으나 의사님이 말씀하길 완치까지 보름은 걸릴 거라고

도무지 잠들지 못한 몇 날 밤이었다 집요한 수두균의 공격에 속수무책인 몸은 맨땅 위 지렁이처럼 버둥거렸다 그들이 외쳤기를 이곳은 분명한 내 살이라고

자신들이 태어난 내 몸에서 나를 몰아내기 위해 혼신으로 싸웠지만 약사님이 강조하길 약은 꾸준히 금주는 반드시라고

제 이름들이나 있었다면 분한 듯 뜬 눈으로 죽었을

수두균의 무덤 흉측한 발진을 찡그리며 바라보던 아내
는 차라리 잘된 거라고

　모처럼 충만한 아침들 신음은 잠잠하고 고통은 사그
라지니 이곳 죽은 피부에 다시 봄날이 올 것이다 아내
는 활짝 커튼을 연다

테트리스

휴게 시간에 하나둘 드는 사내들
신 벗으면 바로 눕는다

백화점 남자 탈의실 어둑한 바닥
더운 발을 피해 누운 몸들이

제각각이다 비집으면 꿈틀꿈틀
간격을 넓혀 준다

코골이는 툭툭 쳐 깨운다
남성 코너 박 주임이라는 자는

통화 중 벌떡 일어서 나간다
다들 모른 척한다

하지만 다들 듣고 있다
문 여닫는 소리 잔기침 소리

허공에 휴대폰 게임들만
쨍하게 눈뜬 공간

누군가는 굽어 잠드는
일 없는 한 시간

사직

몸이 편찮은 그녀가 쉬엄쉬엄 잡은 일이
백화점 식품 코너에서 다과를 파는 일

그녀가 바닥을 드러냈다
코로나19로 연장수당이 사라지자

다시 예전 일터로 돌아간다
그녀의 손목이 망가진 곳

그녀 바닥엔 남편이
몸져누워 있고

우리는 송별회를 열어 이제
떨이 약과는 다 먹었다고

잠잠해지면 다시 오라고
약소한 음료를 서로 나눴다

비상계단에 둘러앉아
팀장의 동태를 살펴 가며

각자의 바닥을 가늠하고 있었다

사람 마음

짐이 무거운 할머니를 도와 먼 버스정류장까지 기왕
에 옮겨 드린 건데 할머니 안색이 좋지 않다 시간에 쫓
겨 빨라진 내 걸음도 있었지만 자꾸 달아나는 자신의
짐을 손 쳐내듯 도로 가져가시는데 내심 서운함에 빈
웃음으로 발길을 돌렸다 할머니 비로소 안도했을까 지
나 보니 미안했을까 나 혼자 그렇다 두고두고 생각하는
것이다 없던 사람이 생겨나 마음을 흔든다 없던 마음이
생겨나 사람을 흔든다 길바닥에 통째 흘려 버린 아이스
크림이 녹자 발 동동 구르는 아이는 이제 못 먹을 건 알
지만 예쁜 모양 그대로 남아 주길 바란다 이건 어쩔 수
없다고 안 되는 거라고 얘기는 하지만

그는 거기 서 있다

그는 내가 출퇴근하는 그 시간에 바구닐 들고 서 있다 나는 지나칠 때 마치 그를 없는 사람처럼 외면하곤 했는데 한번은 통 크게 만 원 한 장 넣어 주니 고맙다고 연거푸 고개를 숙인다 내가 당황한 것이다 왜 그런진 모르지만 잘못된 건 아니라고 생각했다 그 후 그 앞을 지나다 눈 마주치면 그가 반가운 얼굴로 웃는다 나는 눈을 피했다 그가 왜 그런진 알지만 다음에 멀리 돌아서 가기로 했다 간혹 그가 없는 날도 있을 거였다 장마가 왔을 때 그가 자릴 피했을까 슬쩍 보면 담벼락에 몸을 붙인 그가 거기 서 있다 낙담할 일은 아니지만 고개 숙일 일도 아니다 매번 그를 지나칠 때 뒤통수 간질거리는 것이다

새사람

언니 나
새사람 될 거다
나 버리고 비상할 거다
세상에 난 스튜어디스가 될 거라고
엄마는 보는 눈이 없었지

어떻게 끌어온 돈인데
빚 들고 날랐다
한수 엄마 도희 엄마 미자 이모
하지만 턱없이 부족한 돈

언니 나
두 다리 쭉 뻗고 잔다
잠이 안 올 땐 언니가 또렷해지지
식당 일 거들면 생각 없이 좋았는데
엄마들이 나만 끔찍이 예뻐했는데

도처에 변명을 남길 거야

언니 나는 도박한 적 없는데
사는 게 노름인 건 맞아
엄마들이 내게 올인한 건 고맙지
하지만 턱없이 부족한 돈

언니 나
새사람 잘될 거야
나를 날려 버린 언니
엄마들도 끼룩끼룩 같이 울어 준 걸
그래도 난 앞날이 창창하다고 했지

앞날이 창창해서 그녀는 더 슬프다

절친

따라갔다 녹즙기에서
말렸지 전기장판은
너 일 년에 십억
하니까 억 같은
소리네 하니까 씹새
이러더라 멱살 잡더라
소문 들리더라
함부로 나 긁고
할부로 또 긁고
가려울 때 바르면
무조건 낫고
임마 너
엄마니까 발라서
할머니는 말라서
무말랭이도 못 거두고
장대비 오는데
단체족구 하고
단체전화 하고

동료다 인사하고
성과다 박수치고
아니라고 말리니까
장난 아니게 잘해 너
전기장판 막 쌓여 너
피 말려 사라졌고
할머니 장판에 누워
내가 찾았다 물던 담배
뺏었다 올려보니
내려봤지 PC방에서
핏기 하나 없게
아주 세게
둘 다 메말라 흠칫
놀랐다

신들린 손

　도무지 길이 안 보인다고 해요 길이란 게 다 그래 그래
서 제가 누굽니까 네 첫걸음 전문가 제가 늘 전하는 말
씀입니다 처음은 다 헛걸음 같아요 헛발질 헛수고 헛소
리 첫걸음이 이렇게나 얼굴이 다 달라 그럼 어떡해 신은
공평하지 않은데 그래서 여러분이 절 만난 게 천만다행
이다 행운이다 아시겠죠 저기 날고 긴다는 자들 신을 저
버리고 아주 우습다 우스워요 걷자고 있는 게 바닥인데
바닥을 전혀 몰라 차라리 바닥이 편한 겁니다 가볍다
하면 가벼워집니다 첫걸음에 발 아프다 하죠 네 그럴 때
아무나 이리 가라 저리 가라 하는데 그냥 넘어지세요
신은 말씀하셨습니다 허리는 뭐다 다시 일으켜 세운다
첫걸음이 또 낭떠러지라는 사람들 꼭 있죠 있어요 그건
순전히 틀렸다 엉터리야 저를 못 믿겠다 누가 그러죠 의
심해 좋다 이거예요 저는 다 압니다 저는 절대 강요 안
해요 제가 애걸합니까 요구한 적 있나요 어디 손 한번
들어 봅시다 제가 여러분입니까 제가 여러분입니다 따
라 합시다 나는 살 수 있다 나는 살 수 있다 그래서 제 오
른손이 소개할 이게 뭐냐, 네 신입니다 신

바다낚시

바늘에 꿰인 감성돔 한 마리
코앞에 죽음이 달렸다
삶도 같이 딸려 온 것이다
죽기 살기로 파닥파닥한다

잘린 대가리가 버려졌고
기름 오른 살 듬뿍 집어
한잔씩 주고받았다

불볼락 학꽁치 성대 그 밖에
모를 이름들이 쭉 나열되었다
이 맛에 산다고 했다

먼지 하나에 주머니 하나

주머니가 털렸다
형들이 어금니 털어 버린다 해서

떨리는 순간이었다
어리니까 봐준다 했다

먼지 하나까지 떨리는 걸 봤다
깔끔하게

야반도주한 가족도 있었다
개털이 돼 머리도 밀어 보고

안 되면 되게도 해 보고
제대하면 끝날 줄 알았다

진짜로 털려 봐야 안다고
가짜로 털리는 건 또 뭔가

주머니에 손 찔러 넣고
우리한테 그러대

털면 또 나오게 돼 있다고
집구석 어딜 봐서

했지만 탈탈 털리면 신기하게
뭐가 또 나오긴 했다

한심한 것들

꿈을 위해 등짐을 날랐네
로커가 되기 위해
악기를 사기 위해
모래와 벽돌을 층층으로 날랐네

두 눈은 최대한 부라리고 앞을
바라보라는, 이게 록 정신과 무슨
상관인진 몰랐지만 꿈을 위해
짊어지고 가는 거였네

짊어져 모인 거였네
십 대의 마지막을 위해
첫 굉음이 동네를 울렸을 때

이게 뭔 난리냐는
머리에 든 게 있냐는
머리가 그게 뭐냐는 등등등

이런 꿈은 버려야겠구나

꿈을 깨기 위해 등짐을 날랐네
용달에 실린 악기들을 마지막으로
저희는 한심한 것들이었습니다
4인조예요

울기 직전

재판관이 묻자
늙은 남자는 짧게 답한다

법정에 서서 하얗게
센머리로 셈을 구한 듯

그는 노역을 살기로 했다
돈 천만 원이 무서웠나 보다

죽을죄 지었다고, 그 밖엔
꾹 입술을 다물고 있다

사연은 뒷목에서 주뼛거릴 뿐
옥살이보다 더

큰 짓눌림이 그를
계속해 누르고 있었다

3부
저는 벌레가 됐습니다

꽃의 장례

나비 날던 하늘이 찢어지네

울며 집으로

집으로 돌아가는

맨발의 아이

물기

부엌 바닥 갈라진
틈새로 물기가 오른다

훔치고 훔치고 머금은 물기가
싱크대에 버려진다

엄마가 신문을 깔아 둔다
내가 헌옷을 덧대 둔다

집주인이 내려와
쓸데없다는 듯 도로 걷어낸다

오전은 힘들다고
덮어 두고 나간다

물개처럼 부푼 물기를
비틀어 짠다

오전은 엄마도
나도 일없이

물기를 바라본다
물기만 생각한다

물고기

물고기 된 꿈을 꿨다
깜빡 잠이 든 초저녁이었다

어둑해진 엄마는 혼자서 밥을 먹고 있었다
일어나 전등을 켜니

검은 물빛은 쏜살같이 사라진다
비워진 그릇이 식탁에 놓여 있었다

조용히 방문 열어 TV를 끈다
한 차례 몸을 뒤집는 그녀는

이불 밑으로 가라앉고 있었다
저 인어를 구워 먹는 자들도 있다는데,

돌아와 그녀의 그릇에
내 밥을 담는다

헤엄도 못 치는 물고기
꼬리가 늘어져 있고

거울에 입 오물거리는
내가 비친다

다시 새어 나오는 TV 소리
모랫바닥처럼 편안한 밤

덧버선

엄마의 덧버선이 벽걸이에 걸려 있네

며칠째 화장실 벽걸이에 덧버선이 걸려 있네

엄마는 왜 수시로 빨지 않고 저리 걸어만 두나

좌벽 오른 상단에 덧버선은 걸려 있네

덧버선, 보온 보습 미끄럼 방지

물기는 탁 털어 말리고 벌레는 딱 때려잡는

덧버선 혼잣말로 덧버선 덧버선

자꾸 보니 밋밋한 벽이 그럴싸하기도 강렬한

빨강 덧버선 오늘 나는 세탁기에 던져 넣네

빙글빙글 돌아가는 덧버선 덧버선

돈세탁

엄마가 내 바지를 빨았다
돌리는 김에 같이 넣었다고 했다
주머니가 많은 바지인 건 나도 안다

신사임당님
조심조심 펼쳐 다리미로 밀었다
깨끗한 게 보기는 좋았다

반반 나눠야 되는 거 아니냐고
무슨 치킨도 아니고
뒤집어 널어 망정인 건 나도 안다

율곡 선생님
한 장 쥐어 주니 색깔이 왜 이래,
엄마는 또 그걸 받는다

쌀벌레

저는 벌레가 됐습니다 쌀벌레 됐습니다 벌레가 어때
서요 종일 입만 열어 두고 있습니다 하릴없이 꽃무늬 벽
지를 오르거나 설거지통 방울 위에 퐁퐁 떠 있거나 책
의 낱장 사이에서 잠들곤 합니다 그러게 벌레라고 뒤집
혀도 버둥대진 말아야지 때로는 동굴처럼도 살아야지
깊숙이 코를 박고 보면 제가 쌀인지 쌀이 저인지 아리
송할 때 있습니다 돈벌레라고 돈 잘 벌고 책벌레여서 책
잘 읽으면 저는 밥 잘 먹습니다 맞을 짓 하지 않습니다
몸부터 움츠리는 게 벌레들 인사법이어서요 깜깜한 지
하에도 내일의 발열 전구는 켜지듯 쥐며느린 뻣뻣한 제
몸 둥글게 말 줄도 알고 찬 새벽의 꼽등이네는 떨어져
나간 뒷다리쯤 아무렇지 않게 살비듬 주위로 모여 앉게
되는 겁니다 저는 종일 끓어오르다 온 집 안에 꽉 차 버
린 거 같아 바구미 바구미 느리게 흩어집니다 하루가
멀다고 저를 한두 마리 세기 시작하면 끝이 없습니다
행여 한 톨도 짤없으면 알아서 깁니다

태권브이

하루는 오그라진 양철냄비 뚜껑을 보다
태권브이의 깡통로봇을 생각했다
깡통로봇을 생각하다 라면이 먹고 싶어
짜잔, 찬장을 열었는데
떨어지는 누룽지 두 조각
엄마는 대꾸도 없고
하루도 안 물리는지

옆집 이모가 놀러 오셨다
자식이 웬수라고,
파마머릴 흔들다 가셨다
이에 질세라 엄마 또한 흔들고
흔들며 그렇게 놀다 가셨다

하지만 나는 그 누구도 흉내 못 낼
필살기가 있다
엄마는 그렇게 생각하시나 보다
불같은 나의 오른팔만 믿는다

하루빨리 엄마를 구해야 한다

딸깍!

최씨는 물끄러미 형광등에 집중한다 형광빛을 망막에 새겨 눈알을 이리저리 굴리면 허공에 뜬 형광 무늬가 벽을 타거나 바닥에 내려 존재로 발색되는 것이다 올여름도 최씨는 고양이 눈이 됐다 벽 곰팡이로 벌게진 시선은 창 너머 아파트 단지에 머문다 한 줌도 어림없다는 듯 햇볕을 등진 콘크리트 몸집은 최씨의 반지하 집 위로 우뚝 솟아 있다 최씨는 서둘러 창을 닫는다 첫 번째 형광등을 켠다

최씨는 형광등이 많다 늘 두 번째 형광등 밑에서 밥을 넣을 때만 입이 열린다 거미줄이 없는 입, 속은 이제 수많은 박쥐가 들끓고 있다 어느 날 입천장이 아, 하고 울리면 동굴 안으로 쏟아질 비명, 최씨는 호러 마니아다

어둠 속에서 최씨는 진저리 친다 간혹 화장실 안이 깜빡깜빡 그러다 칠흑으로 돌변하면 볼일보다 더 시급해진 문제에 괄약근 힘껏 조이는 것이다 어둠에 지워져버릴 건 아니지만 또렷한 자신을 재차 확인하는 일, 천

장의 저 길쭉한 태양이 최씨는 햇살보다 포근하다

　제발 누구도 찾아오지 않았으면, 밤의 아르바이트로 향하는 최씨는 가로등마다 이어지는 자신의 그림자를 힐끔 돌아본다 어느 날 최씨는 집에 든 아파트 그림자에 질끈 눈을 감아 버렸다 마치 점점점 커지는 드라큘라 백작처럼, 최씨는 주춤 뒤로 물러난다 네 번째 형광등을 켠다

야옹野翁

서울역 출구 5번 삼성 양문형 냉장고 박스에서 기거
중인 최씨는 아닌 밤중에 이상한 소릴 듣게 된다 밥 챙
겨 먹고 있쟈잉 여그는 염려 없어야잉 미국 간 아들아
추운디 보일러 애끼지 말고잉 그때마다 산촌은 어둑해
져 늙은 엄니는 테레비 끄고 일찍 잠이 드신다 최씨는
올해가 육십인지 육십셋인지 또렷하진 않지만 지난여
름 동전 백 원을 잃어버린 후 아직까지 풀밭 따윌 헤쳐
그걸 찾는 중이다

최씨는 아무 뚜껑이나 열어 본다 과자 봉지를 털어
보고 심 나간 볼펜을 끼적여 본다 없는 낱알을 콕콕 찍
는 광장의 비둘기들을 발길질에 물리치기도 한다 소주
반 컵을 단숨에 털고 남은 맛살은 툭 던져 준다 뭐시든
개볍게 챙기고잉 싸복싸복 하고잉 최씨는 지난여름 신
발 한 짝을 잃어버린 후 아직까지 오른발을 절룩이는 중
이다

동전을 애타게 찾습니다 잠바가 두터워져 제가 잘 모

릅니다 참말이냐 호랭이가 물어 갔는갑다 박스가 들썩
이고 최씨는 엉금엉금 기어 나온다 열대야는 취객들을
쉬이 이곳으로 불러온다 편의점을 나온 최씨는 팥빵을
한 줌 뜯어 우물거린다 밤기차에 흩어지는 고양이들을
한참이나 지켜본다 꼭 쥐고 있어야잉 잊아불문 안 뒹께
잉 최씨는 그때마다 고개를 끄덕끄덕한다 주먹손을 펼
치면 은빛 동전이 환하다

슬픔은 매번 이렇게

이런이런 어쩜 좋아, 어서 가서 슬픔의 불을 꺼야 하
네 슬픔의 냄비는 까맣게 타 버렸을 것이네 슬픔의 집엔
아무도 없으니 서둘러 가야 하네 슬픔의 시동을 켜고
슬픔의 엘리베이터를 올라 슬픔의 현관문을 열면 슬픔
의 탁한 기침이 콜록콜록 슬픔의 코를 막고 슬픔을 환
기시켜야 하네 이런이런 나는 왜 이리 슬픈 정신머린지
내 슬픔의 일상은 이렇다네

사실 오늘 아침 나는 슬픔을 절반밖에 먹질 못했다
슬픔이 상할까 남긴 슬픔을 끓는 냄비에 부었다 슬픔의
전화가 울려 와 슬픔의 전등이 꺼지고 슬픔의 카페에서
당신 슬픔과 내 슬픔이 만나 슬픔을 야기할 때 슬픔은
슬프지 않았다 당신 슬픔의 주인공은 누구죠? 나는 예
고 없는 슬픔을 공개했다 눈물을 나눈다면 그 반을 당
신께 드릴게요 우리는 슬픔이 각별했다 슬픔은 제게 축
제와도 같지요 우리는 지적인 슬픔을 나누기도 했다

그러니까 우리는 격하게 슬프기도 했다 너 따위 슬픔

은 지옥에나 가 버려 너는 니 슬픔밖에 모르지 슬픔 버러지 같은 놈아 당신 슬픔은 틀렸습니다 감정상 올바르지 않아요 슬픔은 멀리 울리는 경적과 같다 슬픔에 슬픔이 끼어들면 다른 슬픔이 막혀 슬픔체증이 일기도 한다

최씨는 머리가 아프다

최씨는 걸리버처럼 방바닥에 철퍼덕 누워 있다 방향 잃은 갈매기가 천장 위를 빙빙 돈다 최씨는 머리가 아프다 전날의 숙취는 머리카락에 잔뜩 얽혀 있다 최씨는 목이 말라 눈알을 이리저리 굴려 본다 요란스런 파리 한 마리가 최씨의 콧잔등에 내려앉는다 낡은 주전자 화들짝 놀라 뒤로 나뒹군다 바다로부터 너무 멀리 온 것 같습니다요 가슴 색이 도발적인 여왕 파리는 그들의 검은 구역에서 날아온다 내 왕국에 비린내를 풍긴 자가 당신인가 소리는 없고 최씨는 뻐끔, 눈을 감았다 뜬다 주방 꼴이 요리사는 아닌듭쇼 흐리멍덩한 표정이 몽상가는 더욱 아니다 그럼 이 거인을 어떻게 할깝쇼 생각을 비비적대던 여왕 파리는 작살 같은 호령을 최씨에게 던진다 철썩, 뱃살을 뒤집고 해통海痛이 밀려온다 밀려 나간다 딸깍, 하고 밤이 켜진다 수위가 가라앉은 시침 위로 수평선이 미지근하게 그어진다 최씨는 뻐끔, 눈을 감았다 뜬다

절반 식구

주인집은 수도세를 매번
바가지 씌운다
자기네는 물 쓸 일 없다고
혼자 자취하는 내게 반을 떠넘긴다

담근 김치도 갖다준다
오다가다 만나면
아저씨는 정정하시고
막내아들은 예의바르고
아주머닌 뭐 뜯어먹을 거 없나
궁리하듯 나를 본다

아이스크림이라도 하나 건네면
호호 날씨 덥지? 하면서
오물세가 또 어쩌고
자식 같으니까 하면서
그럴 땐 내가 이 집 장남인 것이다

개 미안

눈 내린다
달리고 싶다
개는 좋겠다
개는 달린다
두 발로 쫓지만
네 발로 긴 적도 많다
부끄럽지 않아서
개는 좋겠다
남녀는 창밖을 본다
첫눈에 나도
푹 빠졌지
사랑받는 강아지였지
어쩌다가 개는
나와 같은 놈인지
멍멍 하고는
자빠져 있어야 되는지
꼬리 내릴 수 있어
개는 좋겠다

개는 뒹군다
개는 멀어진다
개는 돌아와
수작을 나누면
지나던 개 웃겠다
활짝

초특급삼류액션블록버스터

#지푸라기라도 세우고 싶은 짐승들

짐승 우— 울부짖다 털을 잔뜩 세워 기선을 제압하려는 두 짐승은 부풀린 자신의 몸집이 생각보다 보잘것없음에 뻘쭘함을 느끼지만 이미 드러낸 이빨은 감출 수가 없다 고만하고 싶은 으르렁은 서로가 고단하고

#위대한 독재자

여기 고단시티를 통치하는 돈이라는 자는 자기만 되게 밝히는 앙큼한 취향으로 지나친 자기는 애타지 않아도 두 배가 네 배 되고 너무 눈 높아진 자기를 주체 못 할 땐 자기 방석에 앉아 지난 자기를 하나둘 침 묻혀 헤아리기도 한다 자기 타령에 허리 휜 자를 낮게 하고 자기로 발라 버리면 뭐든 이뤄내는 신묘함이 있다 그는 사기꾼인가 독재자인가 누구든 혀가 길어지면 깜빡 죽는다

#지저스 크라이스트 슈퍼스타

돈은 돼지를 말하는 중국식 닉네임이다 미국에선 오렌지 혀끝에 굴려지고 이태리에선 까르보나라 입안에

감기는 돈은 꼬리가 짧아 쉬이 밟히지 않는다 돼지우리에서 어린 시절을 보낸 일화는 자주 성과로 이어져 어느덧 고단시티의 신이 되었다 한편 배드맨의 아빠도 엄마도 이모도 물론 배드맨도 돈의 신도 되어 오직 돈을 위해 살게 된다 돈 받들어 현찰하라 돈은 사랑 소망 그리고 신용이니

#벽 속 또 하나의 벽돌
저는 일개 벽돌이 아니라고 외쳤습니다만 금세 벽을 느꼈고 제대로 이마를 까이고 맙니다 벽을 넘으면 그게 도벽이었습니다 벽 속의 벽돌이 될 순 없었지요 벽은 안전하지만 벽돌은 흉기 되어 도망자로 살게 됩니다 어디에도 이 빠진 벽 없어 완벽한 제압이었고 어느새 저는 반듯함마저 잃게 됩니다 세상이 너무 단단해 끝내 벽을 쳐 후회하고 맙니다 어쩌다 쪽문을 두드렸는데요 이때 나온 여자가 고니를 아느냐고, 그만 고래고래 고니야 나야 벽 타기를 한 건데 말입니다 제가 흑싸리 종달새로 보였다나요 화투라는 게 다들 바닥 싸움이라지만 털리

83

기 전엔 바닥도 벽이라는 사실, 세간에선 저를 타짜라
부르기 시작합니다

#저수지의 개들
소위 짐승이라 불리는 인생 말아먹은 자들 물어뜯기
가 주특기인 그들은 개패를 잡고 풀어대길 술판 깽판 이
판사판 이간질 고자질 옆눈질 등 잡기에 능하다 오 지
저스 돈이시여 개평 따윈 필요 없고 저를 뼈 빠지게 하
소서 제 비극을 정당하게 하소서 아 저저, 가진 것들 하
늘이라도 무너져 다 같이 죽게 하소서 짐승들이 우―
울부짖는다 악당 조커의 아버지가 우― 울부짖는다

#악당 조커
선생님은 왜 그리 진지하냐고 제게 물으셨습니다 저
기 빈 놀이터가 시시하다고 말했을 뿐인데 어서 해가 지
길 바랐고 읊어 주신 반짝반짝 작은 별을 깨닫게 됐지
요 이곳 캄캄한 고단시티엔 존재치 않다는 걸 선생님은
또 삶은 달걀이라고 까놓고 말씀하셨습니다 따뜻했지

요 왜 웃음이 날까요 저보고 웃기는 놈이라곤 합니다만
선생님은 노른자만 들고 떠나셨더군요 사랑했지요 낳
아 준 엄마만큼, 왜 웃음이 멈추지 않았을까요 저보고
죽고 싶냐곤 합니다만 나의 형제, 어디서 죽었는지 살았
는지 아버지, 아버지는 지금도 살아서 저 매일 때리는데
선생님 이런 제가 악당이 된다면 나쁜 걸까요 애들이
막 손가락질해도 될까요 제 입은 이제 스마일이 떠나질
않습니다

#연가시

강물에 몸을 던집니다 옥상 난간에 위태롭게 섰습니
다 무엇이 왜 그들 스스로를 버리게 하는지 추락의 다
른 이름들을 조심히 다뤄야 합니다 뒤집으면 허무가 될
위험한 생물이니까요 사람들은 시달립니다 그냥 헛웃
음밖에는 도리가 없는 건데 뇌 속에서 기생한다나 뉴스
에서 난리입니다 꼭대기에서 바닥으로 바닥에서 지옥
으로 떨어지기도 합니다 속이 몹시 타거나 깊은 잠수를
바라는 분들 특히 조심하세요 악당 조커가 당신을 노리

고 있으니까요 웃음을 믿지 마세요 뉴스에서 전문가는
떠들어댑니다 자기가 구해 주지도 않을 거면서, 통치자
돈께서 말씀하시길 뭐니 뭐니 해도 여러분의 미래 저만
이 바꿀 수 있습니다 희망찬 고단시티를 위해 모두가 새
마음 한뜻이 됩시다

#배드맨 포에버
　배드맨은 나쁘지 않다 이만하면 괜찮은 잡인 거다 여
기는 고단 페스티벌 애들이 함부로 탈을 잡아당겨도 배
드맨은 나쁘지 않다 쫄바지가 자꾸 사이에 껴도 배드맨
은 나쁘지 않다 배드맨은 당일출장도 가능한 돌보미 동
생과 싸우지 않기로 약속해요 배드맨은 침대만큼 편한
삼촌 배드맨은 머리에 멘 탈을 잠시 벗고 담배를 피우는
중이다 눈치 없는 동생이 집적거리면 확 그냥, 저리 안
가 배드맨은 침도 잘 뱉는 멋진 형 배드맨은 유튜브에서
도 만날 수 있어요 배드맨은 경력이 될 수 있을까 배드맨
은 날아오를 수 있을까 배드맨은 찢긴 낙하산처럼 줄줄
이 떨어지고 병실에 누워 처음으로 부정적인 생각을 지

울 수 없다 이야기가 왜 이따위지 배드맨은 잡다한 지난 날들을 돌아본다 아빠도 배드맨 엄마도 배드우먼이지 않았나 배드맨은 배드맨 굴레에 빠지게 되고

#스포일러

그 후 배드맨은 악당 조커와 손잡고 타짜가 됐을까요 하늘 높이 날아올랐을까요 본 이야기는 여기서 마칠게 요 어차피 제가 주인공인 빤한 결말이니까요 제가 바로 고단시티의 통치자 되시겠습니다 여러분 제가 돈입니다 한 번도 돈 아닌 적이 없어요 태어날 때부터 지금까지 전부 돈이었다고, 이쁜 돈 덩어리래요 묵직하죠 돈 자랑 이 아니라 혹시 돈 좀 만지고 싶으시면 여기 제 손 기꺼 이 내밀어 드립니다

THE END

별이 빛나는 밤에

하늘이 무너졌네요

털썩 주저앉지 않습니다
저는 로커니까요

로커에게 그리 헤비한
사연은 아니지만 하늘이

왜 언더그라운드에 있느냐고
엄마는 샤우팅 하시네요

기타 리프를 튕겨 봅니다
별이 빛나는 밤에

아니면 땅이 꺼진 걸까요
언플러그드 된 골방에 누워

손 하나

까딱하지만

손에 잡히질 않네요
저도 딸린 식구니까요

엄마 보세요
하늘은 잘 무너집니다

보세요 엄마
솟아날 구멍이 어딘가

우— 그것도 노래라고
우— 이것도 노래이니

비빔밥

엄마가 쾅 닫고 들어오신다
화난 팔 걷어붙여 부엌으로 가신다
달아오른 땀 손등으로 닦으신다
문지방에 앉아 쓱쓱 비벼
입안 가득 한가득
밀어 넣으신다
낮잠이나 자는 내게
숟가락 세워 말씀하신다
허공에 대고
목멘 입으로
뭐라고 뭐라고 하신다

4부

쓰다 만 노트

낯설기도 하지

사거리 신호등

길 건너는
똥개 한 마리

자꾸 보니
슬프다

누구였을까

저기 저
똥개 한 마리

북아현

나 거기
신당동에서 떡볶이
차라리 먹을걸
쫄쫄라라 노래한 날들
기다린 날들인데
어려서 혼자 사니깐 나
키워야 하니깐
엄마가 안타깝다
나 업고 그리
멀리 걸었나
싶다 울보 바보
욕이나 먹을걸
내가 소리 질러
엄마는 이게 뭔가
싶다 그때도 내
말은 삐뚤고
눈도 삐뚤고
그게 예뻐져서

사랑은 뚝뚝 흘렀지
다시 나 거기
불 켜진 단칸
밤그늘에 간
그녀 아주 떠났다고
또 말 안 듣지
맨발로 찾지
구멍가게에서
손가락 네 개 펴면
눈깔사탕 아줌마
맛있으면 눈물은 멈출 거다
그녀는 그렇게 왔다

수상한 천장

쿵쿵 천장이 울리고
그녀는 소식이 없다

위층은 봉제 공장을 차린 게 분명하다고
분개한 할아버지께 그녈 물을 수 없었다

툭하면 다시 내려가자는 말 서울은
한밤에도 베개 밑으로 수도꼭지가 돌았다

모든 게 연립해 있었다
뚫리면 꼬르륵 주린 속을 뱉었다

겨울이 두 번 지났지만
할아버진 이웃과 울타리 치지 못했다

아니면 집을 못 찾는 건 아닌지
한숨뿐인 할머니께 그녈 물을 수 없었다

위층은 북괴군 훈련소라고
할아버지 머리에 천장이 내려앉았을까

위층에 좀도둑 일당이 산다고
겨울이 또 지나자 기억은 덮어졌다

남은 거울을 삼촌이 깨부수고 만 것이다

할아버지 끝내 아랫목에 누운 날
그는 이해했다

시골에 버리고 온 누렁이가
마음에 놓였다

초가에 내가 맡겨진 날 그녀가
말한 지긋지긋한 것들

쥐들이 들이친 밤이면 배 늘어진 천장을

송곳으로 들쑤시던 할아버지

이젠 날 세우지 않아도 되는
등 돌린 할아버지

할머니 나 삼촌 누워 어둠뿐인
천장을 바라보고 있었다

그녀가 올 수 없다는 얘기
듣게 되었다

거미 부부는 어디로 갔을까

화장실 창틈으로 거미 한 쌍이 들어와 벌써 살림이 두 채다 나도 아내도 차마 죽이지 못해 그냥 둔다 둘러보면 마른 돌담뿐인데 싶지만 우리도 한편 느릿느릿 이곳에 왔으니 재개발이 확정되고 건너 구역은 매일 집들이 부서지는 진동이 텅텅 집 안을 울리면 화장실 작은 공간에도 잔바람 일어 흔들리는 거미집을 언제부터 습관적으로 올려보는지 모르겠다 아직은 가 보지 못한, 손끝을 저어야 겨우 닿을 저 거리에서 거미는 어떤 숙제 같은 걸 항상 머리맡에 달아 두곤 한다 철거를 앞두고 먼 동네로 발품 오를 때 난간을 잡고 한 발씩 내려딛던 사람들 거미가 사는 곳도 저리 가파른 모양새였을까 늘 재미없게 나를 내려보는 긴 다리 거미 어느 날은 스산한 마음에 벽을 타 올라 보니 거미는 없고 꺼진 쪽창에 먼지만 덕지덕지 쌓였다 세간 다 버리고 갔나, 달빛은 멀고 남겨진 더듬이 다리 하나 밀린 세처럼 마른자리에 놓여 있었다

나는 가로등

그러니까 추억 없는 딴 동네 아이
나무에 걸린 동아줄
미끄러진 호랑이
여름 소녀를 기다리는 웃기셔 펭귄

나는 가로등
각자의 발밑
캄캄한 피터팬과 그의 술친구
담장 아래 웅크린 신데렐라의 계모
새벽에 남겨진 구두 한 짝

나는 어딘가
쓰다 만 노트
낙서 가득한 망상
망상을 망상한 허상
허상에 붙어 우는 매미
계절을 헛도는 이른 아침
어제를 밟고 간 자전거

대문에 쌓인 편지
그러니까 나는 불 꺼진 가로등
아무도 없는 골목

잠든 자를 위한 기도
―장인의 부고

긴 터널처럼 아내가 운다

밤새 열차에 실려 온 아내를
소실점으로 바라보며

옆에서 나는 멀리서
저리 많은 사람들이 지나가고

우리는 수시로 엉켜
더디 오는 시간을 견딘다

대합실에 울리는 아내의 숨
옹알이가 된 말들

그게 당신을 위한 숭고한
기도인 줄 내가 안다

너무 텅 비어 꽉 찬

마음들 하나씩
하나씩 돌려보내는 아내여

오늘을 끝내 놓지 않을 것처럼
꼭 쥔 두 손으로

아버지
또한 우릴 잊지 마소서

그게 얼마나 한다고

다 쓴 비닐팩 물티슈 뭉치들
몽땅 버리고 나면

하나둘 거두어 다시금
개켜 놓는 엄마는

여전히 쓸모가 있는 거라고
요즘은 화도 낼 줄 모르고

즐기던 빵들인데 뜯지 않으면
그대로 놓고

드라마에 뒤척이다
잠든 엄마는

시름한 꿈에 알미늄 포일
일회용 접시들 씻어 서늘하게

말리고 있으려나
작아져 버린 손만큼

두 팔 흔들어 겨우
보이는 곳에서

백 원짜리만 한 뒷방에서
만 원도 넘는 문턱에서

망설이는 장바구니 앞에서
내가 실컷 화내도

담아 준 빵들을
도로 갖다 놓는다

식은 꽃등심

일 마치고 와 보니 그대로 있다
그렇게 당부했는데

우리는 밖에서 잘 먹으니까
아껴 두지 마시라 꼭 드시라

간도 살짝 해서 구워 준 건데
안에만 앉아 있는 그녀는

물에 만 밥처럼 설렁설렁
내 말 넘기더니

어린이집 마치고 온 아이
입에 넣어 주니 안 먹고

아내도 야근으로 늦는다고
냉장고에 넣어 둔 거

내가 술안주로 먹는다

그녀가 오지 않는 밤

눈 감고 기다리면
별생각이 다 든다고 했지
불쑥 찾아오는 누이들 꼬마야
캐묻는 사내들 대놓고 뱉는
그녀를 빚쟁이 그녀를 아니겠지
아닐 거야 이 잡듯 그녀를
무수한 그녀를 나는
얼마나 시달리게 했는지
무서운 밤 TV 틀어 문
꾹 닫고 기다리면 밥상 위
써 놓은 '기다리지 말고'는
정말 떠난 사람만 같아
접어 읽지 않고 긴긴 골목
그녀가 오는가 어둑한 그녀가
행여 힐끔 돌아본다면 나쁜
세상 무서운 사람들 아니겠지
시곗바늘 끝내 자정을 넘어
밀려드는 초침 소리 선잠 속

철커덕 찬바람 몰고 그녀가
집에 든다 어휴 춥다 추위
식은 품을 이불 위에 내린다
늦었다고 묻지 않아서 머리만
쓰다듬는 기특한 그녀를
확인한 순간

고창

약 달이는 할머니가 있고 서리 녹아 질척이는 앞마당
이 있고 진흙 묻은 흰 고무신 가지런하고 쇠기침에 편지
읽는 할아버지가 있다

마당에 던져진 유리구슬 엄마 하나 물고 삼촌 하나
넣어 주고 시큼한 침이 돌고 어서 먹지 않으면 곧 비워질
쌀독에서 엄마는 무사히 자라서 공장으로 가고

할아버지 더 큰 할아버지께 혼쭐나고 시어머니 뒤로
어린 할머니 숨고 노름빚 청산하러 험한 사내들 불러와
술로 안주로 달래던 그날 멍석 마당은 바람 선선했지만

전쟁이 났다는데 할아버지 뒷간 옆에다 거름만 나르
고 갓 난 엄마 들쳐 업은 할머니가 울타리 밖에 서 있고
애써 엄마가 울지 않았다면

흰 보따리 등불 삼아 줄줄이 길 떠난다 달구지에 들
썩이는 할머니가 우리 어디 가느냐고 그건 할아버지도

알 수 없지 그날도 생생하다

제사

등 돌린 할아버지 옆집과 싸우고 윗집과 싸우고 서울
에선 쓸모없는 할아버지 스스로를 먹살 잡아 밖에 내다
버린 고약한 할아버지 어린 나를 벌벌 떨게 한 할아버지
가 돌아가셨습니다

외양간 들어내고 까치 소리만 심심히 듣던 할아버지
나무지게 위에 나를 올려 산길 걷던 할아버지 채송화
심고 박하 잎 닦고 저녁내 작은방에서 새끼줄 꼬던 할
아버지가 돌아가셨습니다

잔칫날 기어이 술상을 엎더니 할아버지 미쳤다고 서
둘러 보낸 요양원에서 얌전해진 할아버지 면회로 담배
한 보루 건네주면 눈물만 글썽이던 할아버지가 돌아가
셨습니다

그때 주문이 밀려 못 갔습니다 배달 오토바이 함부
로 돌리지 못했습니다 살다가 전속력으로 멀어진 할아
버지 치킨보다 못한 할아버지가 돌아가셨습니다

이제 큰절하는 삼촌은 구부정하고 보릿자루만 해진
할머니와 흰머리 더러 난 제가 있습니다 어린 딸은 영정
앞에서 삐쭉빼쭉 히프춤을 춥니다

엄마의 삶이란

엄마는 늘 잠이 부족했다
떨어져 살 땐 할머니 한숨 들어 알고
6학년 되어 만난 서먹해진 내
머리맡에 용돈을 놓아두곤 했으니

어느 날은 왜 빈털터리로 돌아왔을까
애써 모아 둔 잠들이 확 깨는 각성
그니까 맨날 사기를 맞지
엄마는 목소리만 커 버린 나를
손찌검하지 않았을까

이자가 이자를 만드는 급전
명품 핸드백에서 꺼내 든 일수 수첩을
나는 매번 목도하곤 했다 그러다
채우지 못한 도장은 비굴함도 소용없으니

무너진다는 게 저런 거구나
나 같음 무서워 오금이 저릴 텐데

협박이 협상되어 일수 수첩 탁 덮고
그자가 일어나는 틈

그 틈을 노려 어째서 난
싹수 노랗게 움트지 못했을까
한량으로 어슬렁거리다 어느 틈에
엄마를 잡아먹었을까

거 아들은 왜 가계에 보탬이 없나
던지는 말들은 비수가 되지 못했을까
쏘아붙여 말했으니 저는
제 삶이 있다구요

나를 버린 아빠처럼
버린 게 아니라 반대한 거야
그런 엄마처럼 삶은
분분하기도

내 앞에서 나보다 응석 부리며
지금도 행복하다고 걱정 말라고
미혼모 된 장녀를 할머닌 품고 쓰다듬고
훌쩍이는 엄마들이란

어째서 다 잘될 거라고만 했는지
나를 두고 홀연히 떠난 서른 무렵
엄마의 삶이란 나만 바라본다고
되는 게 아닐 텐데

잠을 피해 어린 나를 피해
빚쟁이들을 피해 달아나
겨우 도착한 밑바닥
그 자리에 나는 환갑상
하나 마련해 드렸으니

어느덧 섭섭함이 사라진 내가
마주치기 부끄러워 발길 돌리던

새벽까지 궂은일 전전하게 될
엄마의 잠 없는 삶이란 그렇게

등이 굽어 간 노년의 삶이란
오늘은 빨래를 널고 개는 힘
말괄량이 손녀를 먹이고 재우는 힘
아내가 극구 말려도 밀리지 않는 그녀를

이제 뒷모습이나마 슬쩍 마주하는 것이다
저분이 내 엄마여서 그리
살아내야만 했던

저기 지는 노을 바라보면

예쁘다 참, 그치,
나는 아무 생각이 없다

감흥 없는 시선은
해변 인근 횟집에 머물고

소주 한잔 그립고
아내는 그런 내 손

꼬옥 잡고 저기
지는 노을 바라보면

나 스물아홉, 기억나?
당연히 기억나지

아내보다 정색해서는 이제
지는 노을 바라보면

모처럼 개운하게 웃는
아내의 옆모습

예쁜 척 안 한다
아내가 많이 변했다

뭘 그리 빤히 보세용?
저기 지는 노을 바라보면

병원놀이

아프지도 않은 환자여서
손수 이불 깔고 누워야 한다

감기 전문 의사 선생님은
이마만 되짚다 만다

꾹, 이제 다 나았습니다
어이? 벌써요?

한번은 정말 아팠을 때
병원은 놀이가 될 수 없다

손발에 꽂힌 바늘들 걷어내고
무사히 집으로 왔을 때

아이는 아픈 자국들 전부
기억하는 것이다

슬슬 좀 쑤시는 내게
괜찮아, 여기 옆에 있잖아

시름한 엄마 되어
가슴 다독이고 있다

무게

일 마치고 온 늦은 밤
변기에 앉는다

큰 볼일 없어도
휴대폰이나 틀어 두고

안되겠다 싶은
똥배나 두들기다

아차 싶어 추켜올리고
아이가 잘 자는지

슬쩍 열어 본 뒤
다시 앉는다

맞다 싶어 다시 올리고
엄마 방 TV 끈 뒤 살금살금

빠져나와 조용히
앉는다

여보 왔어?
잠결에 부르니

엉거주춤 고개만
빼꼼 답한 후

자국이 난 자릴 고쳐
제대로 앉는다

한참을 눌러앉는다

저공비행으로 본 삶의 얼굴들

이병일(시인)

1. 저공비행과 오지랖

시인은 현실의 문제의식을 이야기하는 사람이다. 구체적인 생활 속으로 들어가서 볼 수 없는 것을 보게 만드는 사람이다. 여기 왕잠자리가 수면을 밟고 날아가는 비행술을 닮은 시인이 있다. 수면과 일정거리를 두고 낮게 나는 것은 엄청난 에너지를 필요로 한다. 높은 하늘을 날 때엔 바람에 몸을 맡기면 그만이지만 낮게 나는 일은 더 많은 날갯짓을 필요로 한다. 그런데 왜 저공비행을 하는가. 먹이를 포착하고 순간을 낚아챌 수 있기 때문이다. 아슬아슬한 저공비행으로 삶을 꿰뚫어 보며 자신의 환부를 가리지 않고 절개하는 시인이 있다. 최명진 시집『슬픔의 불을 꺼야 하네』를 읽는 순간, '일상을 있는 그대로 지각한다'와 '몸 자체가 세계의 한 풍경이다'라는 문장을 동시에 떠올렸다. 그도 그럴 것이 시인은 현실이라는 거대한 환각을 주의 깊게 포착해내고 있었기 때문이다. 그는 자기 삶에 민감하다. 자신을 겨누면서 제 허물을 말한다. 몸에서 떨어져 나가지 못한 치부

들이 피부를 찢고 나올 것만 같다. 그는 수시로 삶의 몸부림과 비참을 "알다가도 모르"(「뒤끝」)게 보여 준다. 최명진은 오지랖이 넓은 시인 같다. "짐이 무거운 할머니"를 그냥 지나치지 않는다. 쓸데없이 착한 마음은 기어이 정류장까지 할머니의 짐을 옮겨 놓는다. 그러나 할머니는 고마운 말 대신 되레 "자신의 짐을 손 쳐내듯 도로 가져"간다. 좋은 일을 했지만 뒷일이 개운치 않다. 그는 "서운함"을 느끼고 급기야 "빈 웃음으로 발길을 돌"(「사람마음」)린다. "낙담할 일은 아니지만 고개 숙일 일도"(「그는 거기 서 있다」) 아니다. 그는 너그러운 시인이니까 괜찮다.

2. 심미적 파장

최명진은 마음의 엇갈림에 아파하는 시인이다. 그의 갈등은 "아내 몰래 오십만 원"을 본가에만 드린 후에 벌어진다. "아내가 점찍어 둔 신상 겨울 점퍼"를 사 주지 못해, "아내여 미안하다"(「첫눈」)고 속으로 말하는 사람이다. 이러한 반성은 현실을 정면으로 마주 볼 힘이 되고 용기가 된다. 그 용기로 인해 시인은 '나는 어떻게 생겨먹은 것인가'라는 질문을 던진다.

저는 벌레가 됐습니다 쌀벌레 됐습니다 벌레가 어때

서요 종일 입만 열어 두고 있습니다 하릴없이 꽃무늬 벽
지를 오르거나 설거지통 방울 위에 퐁퐁 떠 있거나 책의
낱장 사이에서 잠들곤 합니다 그러게 벌레라고 뒤집혀도
버둥대진 말아야지 때로는 동굴처럼도 살아야지 깊숙이
코를 박고 보면 제가 쌀인지 쌀이 저인지 아리송할 때 있
습니다 돈벌레라고 돈 잘 벌고 책벌레여서 책 잘 읽으면
저는 밥 잘 먹습니다 맞을 짓 하지 않습니다 몸부터 움츠
리는 게 벌레들 인사법이어서요 깜깜한 지하에도 내일의
발열 전구는 켜지듯 쥐며느린 뻣뻣한 제 몸 둥글게 말 줄
도 알고 찬 새벽의 꼽등이네는 떨어져 나간 뒷다리쯤 아
무렇지 않게 살비듬 주위로 모여 앉게 되는 겁니다 저는
종일 끓어오르다 온 집 안에 꽉 차 버린 거 같아 바구미
바구미 느리게 흩어집니다 하루가 멀다고 저를 한두 마
리 세기 시작하면 끝이 없습니다 행여 한 톨도 짤없으면
알아서 깁니다

— 「쌀벌레」 전문

이 시는 자아의 내밀한 모습이 쌀벌레에 투영된 작품
이다. 카프카의 소설 「변신」의 그레고르가 변한 흉측한
벌레 이야기와 이덕무의 '좀벌레' 이야기가 떠오른다. 이
덕무의 『이소경離騷經』은 추국, 목란, 강리, 게거 등의 글
자를 갉아 먹은 벌레 이야기다. 좀벌레는 향초가 칠해진

글자만 갉아 먹었다고 한다. 이 시를 읽고 있으면 쌀눈에
도 향기가 나는 삶이 있다고 말하는 벌레가 기어 나올
것만 같다. 시인은 "종일 입만 열어 두고 있"지만 "하릴없
이 꽃무늬 벽지를 오르거나 설거지통 방울 위에 퐁퐁
떠 있"는 쌀벌레를 응시한다. 쌀벌레란 이미지는 한편으
로는 한심한 삶을 보여 주기도 하지만 또 한편으로는 내
심 무언가 기댈 수 있는 구석을 만들어낸다. 절박하게
다가오는 시적 화자의 자괴감은 "깊숙이 코를 박고 보
면 제가 쌀인지 쌀이 저인지 아리송"한 세계를 만들어
낸다. 쌀벌레의 세계는 숨 막히는 구석 같다. 그러나 몸
부터 움츠리는 벌레들이 있어 "내일의 발열 전구"가 켜
지는 것이다. 자신의 전모를 샅샅이 드러내는 일을 감행
한다. "종일 끓어오르다 온 집 안에 꽉 차 버린" 나는 하
루하루를 잠식하는 더러움과 썩어 문드러지는 절망 속
에서도 자신의 한계에 오히려 힘이 있음을 알아 간다. 그
리하여 시인은 '쥐며느리와 꼽등이'도 그리 추악한 것은
아니라는 생각을 하며, 이 자질구레하고 쓸데없이 많은
"바구미 바구미"들을 본다. 답답과 막막을 넘어서는 쌀
벌레는 무슨 굉장한 것이 되려는 것이 아니다. "한두 마
리 세기 시작하면 끝이 없"는 것은 결국 나방으로 가기
위해 쌀을 찾는 것이다. 그러나 지금은 아직 벌레다. 벌
레이므로 "한 톨도 짤없으면 알아서" 긴다. 시인은 제 존

재의 그림자를 관통하기 위해 쌀벌레와 한 몸이 되었다. 그 환상의 길을 내는 과정은 피로하기도 하고, 신비롭기도 하고, 선하기도 하다. 만약, 세상이 울분에 가득 차 있고 미움과 고통에 사로잡혀 있었다면 눈앞이 잘 보이지 않았을 것이다. 하지만 시인은 시적 대상을 모나지 않게 바라보는 눈이 있어 솔직하게 대상을 응시하려고 애쓴다. 다음과 같은 시는 개를 주목하고, 개의 움직임을 뒤쫓고, 급기야 시인의 몸과 마음이 개로 옮아가는데 심미적 파장을 어떻게 그려내는지 그 과정을 살펴보자.

눈 내린다
달리고 싶다
개는 좋겠다
개는 달린다
두 발로 쫓지만
네 발로 긴 적도 많다
부끄럽지 않아서
개는 좋겠다
남녀는 창밖을 본다
첫눈에 나도
푹 빠졌지
사랑받는 강아지였지

어쩌다가 개는

나와 같은 놈인지

멍멍 하고는

자빠져 있어야 되는지

꼬리 내릴 수 있어

개는 좋겠다

개는 뒹군다

개는 멀어진다

개는 돌아와

수작을 나누면

지나던 개 웃겠다

활짝

—「개 미안」 전문

"몸나니까 보기 좋다"(「삼겹살」)는 소리를 듣는 시적 화자 '나'는 가벼워지고 싶고 날래고 싶다. 시는 무기력에서 오는 것이 아니다. 저 개와 같은 활달함에서 온다고 믿고 싶다. 시적 화자는 눈 내리는 날, 개처럼 달리고 싶어 한다. 그림자도 마음도 무겁지만 개는 뛰고 걷고 달리면서 뒹굴고 자유를 만끽한다. 그렇게 '나'는 개를 보면서 숨을 크게 들이쉬었을 것이다. 시를 읽는 동안 촉촉하고 새록새록한 무언가가 마음을 젖게 한다. 뜻밖의 정경이다. 남녀가 창밖을 보는 것이 눈에 밟힌다. 한 때 시인도 "사랑받는 강아지였"다는 것을 떠올린다. 그러나 나는 막연한 부끄러움과 창피함을 갖고 있는지, 개처럼 눈밭을 뒹굴고 싶지만 그러지 못한다. 넌덜머리 나는 삶에서 시적 화자는 개가 되어 함께 달린다. 이미 마음은 개에게 옮아 붙었다. 개는 눈밭에서 뒹굴고, 멀어지고, 다시 돌아오고 하물며 눈의 냄새를 맡으며 은밀한 기쁨을 그려낸다. 개와 "수작을 나누"면서, 하루라도 편할 일이 없었던 나를 위해 몸부림치는 상상을 해 보는 것이다. 그러나 개가 웃고 지나간다. 시인은 개의 움직임을 통해 한순간의 아름다움을 봤다. 자유를 찾은 것이다.

3. 고결한 무늿결

불빛은 은폐된 삶을 들여다보게 하고, 사물을 읽어보게 하고, 숨은그림찾기처럼 그동안 눈치채지 못했던 비루한 현실을 깨닫게 해 준다. 불빛이 점화되는 순간, 현실에 가려진 것들이 사물의 그림자로 드러난다. 여기 가로등 거미줄에 걸린 것들이 있다. 여기엔 어떤 생의 부르짖음이 꿈틀거리고 있는지 살펴보자.

그러니까 추억 없는 딴 동네 아이

나무에 걸린 동아줄
미끄러진 호랑이
여름 소녀를 기다리는 웃기셔 펭귄

나는 가로등
각자의 발밑
캄캄한 피터팬과 그의 술친구
담장 아래 웅크린 신데렐라의 계모
새벽에 남겨진 구두 한 짝

나는 어딘가
쓰다 만 노트
낙서 가득한 망상
망상을 망상한 허상
허상에 붙어 우는 매미
계절을 헛도는 이른 아침
어제를 밟고 간 자전거

대문에 쌓인 편지
그러니까 나는 불 꺼진 가로등
아무도 없는 골목

　　　　　　　　　　　　　　　　—「나는 가로등」 전문

이 시를 읽고 있으면 능수능란한 삶에 대해 생각하게 된다. 현실에서 능수능란하지 못한 시인은 매 순간 시 속에서 다른 사물이 되어 살아 보는 것이 아닐까. 시적 화자는 가로등이다. 가로등은 하나의 무대를 열어 준다. "아이"는 그 무대 위에서 "나무에 걸린 동아줄/미끄러진 호랑이/여름 소녀를 기다리는 웃기셔 펭귄"으로 바뀌는 마법을 보여 준다. 가로등은 누군가의 인생을 비춰 주는 무대 조명이 된다. 그 조명 아래엔 "피터팬과 그의 술친구"와 "신데렐라의 계모"와 "새벽에 남겨진 구두 한 짝"이 모인다. 나는 내가 본 것을 통해서 수십 번 다시 태어나고 "어딘가/쓰다 만 노트"가 된다. 그 노트엔 "낙서 가득한 망상"이 있고, "허상에 붙어 우는 매미"가 있다. 매미가 대신 울고 있기에 '나'는 "악쓸 일 없는 하루"(「닥터 스트레인지」)를 보낼 수 있는 것이다. 가로등은 "계절을 헛도는 이른 아침"까지 "대문에 쌓인 편지" 즉, 하나의 이야기를 "허공에 대고/목멘 입으로"(「비빔밥」) 노래한다. "나는 그 누구도 흉내 못 낼/필살기"(「태권브이」)를 가진 "로커"(「별이 빛나는 밤에」)니까.

최명진 시의 화자는 삶의 바닥을 치고 있지만 쪽팔림도 두려움도 없다. 오히려 발랄명랑한 것 같다. "행복이 별건가"(「외식」) 질문하기도 하고 뒤통수를 간질거리게 하는 "집들이 부서지는 진동"에도 "거미집"(「거미 부부는 어디로 갔을까」)을 습관적으로 올려다보는 선한 마음을 지닌 듯하다.

    약 달이는 할머니가 있고 서리 녹아 질척이는 앞마당이 있고 진흙 묻은 흰 고무신 가지런하고 쇠기침에 편지 읽는 할아버지가 있다

    마당에 던져진 유리구슬 엄마 하나 물고 삼촌 하나 넣어 주고 시큼한 침이 돌고 어서 먹지 않으면 곧 비워질 쌀독에서 엄마는 무사히 자라서 공장으로 가고

    할아버지 더 큰 할아버지께 혼쭐나고 시어머니 뒤로 어린 할머니 숨고 노름빚 청산하러 험한 사내들 불러와 술로 안주로 달래던 그날 멍석 마당은 바람 선선했지만

    전쟁이 났다는데 할아버지 뒷간 옆에다 거름만 나르고 갓 난 엄마 들쳐 업은 할머니가 울타리 밖에 서 있고 애써 엄마가 울지 않았다면

    흰 보따리 등불 삼아 줄줄이 길 떠난다 달구지에 들썩이는 할머니가 우리 어디 가느냐고 그건 할아버지도 알 수 없지 그날도 생생하다

—「고창」 전문

이 시는 삶에 숨겨진 무넛결이 고결하게 느껴진다. 그래서 이 시를 읽고 나면 이중섭이 그린 그림, '길 떠나는 가족'이 떠오른다. 회화는 보이지 않는 것을 보이게 하는 것이라고 말한 파울 클레의 전언도 떠오른다. 아스라한 삶의 정취를 목가적으로 노래했기 때문이다. "약 달이는 할머니가 있고 서리 녹아 질척이는 앞마당"이 안온해 보이지만 변변찮게 살아가는 가계의 이야기가 숨겨져 있다. "진흙 묻은 흰 고무신 가지런하고 쇠기침에 편지 읽는 할아버지가 있"고, "유리구슬 엄마 하나 물고 삼촌 하나 넣어 주"면 "시큼한 침"을 돋우는 집. 시인은 자기 삶의 비애를 엿보고 생의 기원에 조그만 통로를 놓는다. 시적 화자는 그토록 젊고 아름다운 삶의 순간들을 꿰뚫어 본다. '나'의 있음을 존재하게 하는 뿌리, "엄마"가 "무사히 자라서 공장으로 가"는 시간 속에서 "갓 난 엄마 들쳐 업은 할머니"의 비애를 꺼내 읽는다. "흰 보따리 등불 삼아 줄줄이 길"을 떠나는 운명, "달구지에 들썩이는 할머니가 우리 어디 가느냐고" 묻는 미시감을 "꽤 중요하"(「괜히 나온 산책」)게 여기는 것 같다.

최명진이 써 나가는 시편들은 모든 것이 삶과 연결되어 있고, 그는 그 어떤 것도 삶의 바깥으로 떠나 존재할 수 없다며 "뒤통수 간질거리는"(「그는 거기 서 있다」) 노래를 들려준다. 살아온 날들과 살아갈 날들을 위해. 이

세상의 가장 한심한 것들이 시를 이루게 하는 힘임을 최명진은 알고 있다. 시의 묘미는 현실의 얼굴에 있으니까. 그의 저공비행이 삶을 억누르는 부분에 오래오래 머물길 기대한다.

슬픔의 불을 꺼야 하네
2023년 1월 25일 1판 1쇄 펴냄

지은이	최명진
펴낸이	김성규
편집	김안녕 김도현 한도연
디자인	신아영
펴낸곳	걷는사람
주소	서울 마포구 월드컵로16길 51 서교자이빌 304호
전화	02 323 2602
팩스	02 323 2603
등록	2016년 11월 18일 제25100-2016-000083호

ISBN 979-11-92333-60-1 04810
ISBN 979-11-89128-01-2 (세트)

* 이 도서는 한국출판문화산업진흥원의 '2022년 중소출판사 출판콘텐츠 창작 지원 사업'의
  일환으로 국민체육진흥기금을 지원받아 제작되었습니다.